LA VILLE
DES EXPIATIONS.

TROIS ÉPISODES

PAR BALLANCHE.

EXTRAIT

DE LA FRANCE LITTÉRAIRE.

(IVe LIVRAISON. — AVRIL 1832.)

La France Littéraire paraît (depuis janvier 1832) le 30 de chaque mois, par livraisons de plus de 200 pages.

Prix de l'abonnement :

Paris, pour six mois.. 25 fr. —	Pour l'année....	50 fr.
Départemens 29	....	58
Étranger 33	....	66

Tout ce qui concerne ce Journal doit être adressé (franco) à M. CHARLES-MALO, *Directeur*, rue Dauphine, no 33.

IMPRIMERIE ET FONDERIE DE A. EVERAT

IMPRIMERIE ET FONDERIE DE A. PINARD,

RUE D'ANJOU-DAUPHINE, Nº 8.

Philosophie.

PALINGÉNÉSIE SOCIALE.

LA VILLE DES EXPIATIONS.

ÉPISODES TIRÉS DU LIVRE V.

I.

Je voudrais, comme le Dante, interroger quelques
uns des néophytes que je vois passer successivement
sous mes yeux, connaître leurs pensées, leurs sentimens, les misères ou les douleurs qui les ont amenés
dans la ville des Expiations. Je voudrais enfin savoir
les événemens de leur vie, les modifications que cha-
cun a éprouvées depuis qu'il n'habite plus la région
changeante des passions du monde, depuis qu'il a fixé
son séjour dans la contrée du calme, de l'immobilité,
du silence. Je cherche du moins à lire sur les physio-
nomies les traces des habitudes anciennes et des habitudes nouvelles. Il m'était interdit d'en faire plus ;
le Dante eut d'autres priviléges pour les cercles mer-
veilleux qu'il lui fut donné de parcourir. Cependant
j'ai eu l'occasion d'apprendre plusieurs histoires fort
touchantes, et dont je puis donner une idée. Elles
m'ont paru caractériser assez bien la différence que
présente la cité du monde, comparée à la cité de l'initiation. Il est facile de comprendre que ces histoires

m'ont été racontées sans que les personnes m'aient été nommées ou désignées. Une seule, celle par où je vais commencer, a pu, à cause d'une circonstance particulière, échapper pour moi au mystère qui est la loi générale de cette cité du mystère.

J'avais autrefois rencontré dans le monde un homme qui avait vivement attiré mon attention par ses manières à la fois franches et élégantes, par la noblesse de ses habitudes et de ses discours. Il faisait le charme de la société, quoiqu'il fût grave et sérieux, parce que c'était comme en se jouant qu'il traitait les questions les plus relevées, parce que c'était toujours avec une grace infinie qu'il employait les expressions les plus pittoresques et les mieux choisies. Je ne lui avais connu d'autre défaut que celui d'être trop complétement soumis à l'opinion. Nous avions même eu plusieurs discussions fort animées sur ce sujet important; je prétendais que le sentiment moral devait finir par être substitué à l'honneur; je voulais que la conscience non seulement fût consultée dans tous les cas, mais que de plus encore, dans tous les cas, elle fût l'arbitre de toute notre conduite; et, sans chercher à discréditer la raison, j'eusse désiré qu'il ne lui eût pas attribué d'une manière si absolue la fonction de juge suprême; je voulais enfin qu'il mît un peu moins de prix à ce que les autres penseraient de lui, et qu'il en mît un peu plus à sa propre estime. « Sans doute, lui disais-je, « il ne faut pas être sa loi suprême, mais il ne faut « pas non plus placer toute sa dignité personnelle hors « de soi. Il ne faut pas rendre les autres les seuls arbitres de ce que l'on doit penser de soi-même.» Hélas! il a payé bien cher cette fatale direction de ses idées et de sa règle de conduite. Je l'avais depuis assez

long-temps perdu de vue, parce que j'avais beaucoup
voyagé, et que notre liaison n'avait jamais été jusqu'à
l'intimité : seulement j'ai su vaguement qu'il avait eu
de grands chagrins. Tel était l'état des choses entre
nous, lorsque je l'aperçus dans une des cérémonies de
la ville des Expiations. Nous nous reconnûmes mu-
tuellement ; mais, contenus l'un et l'autre par l'austère
règle du silence, nous ne pûmes rien nous dire. Il
me fit prier par un surveillant de demander la permission d'avoir un entretien avec lui ; et lui, de son côté,
demanda la même permission. Elle nous fut accordée ;
alors on me conduisit au parloir dans la maison d'un
des surveillans.

Notre entretien fut aussi triste et aussi doux qu'il
pouvait l'être. Il se souvenait de nos anciennes discussions, et il m'avoua qu'en effet son malheur avait été
d'avoir mis sa vie tout entière dans les exigences du
monde, dont il partagea trop les faiblesses et les préjugés les plus puérils. « Mon cœur, me disait-il, a été
« brisé pour toujours, et ici même je ne puis trouver
« le calme et le repos. L'assimilation pour les pensées
« n'est point encore faite ; le nom nouveau n'a point
« encore fait l'homme nouveau. Jusqu'à présent les
« eaux du Léthé ont toujours fui de ma bouche. Je
« ne sais, mais il me semble qu'un crime à expier au-
« rait moins d'angoisses pour moi ; mon désespoir
« saurait à quoi s'attacher, et ne mordrait pas à vide ;
« je saurais positivement la plaie que j'aurais à guérir.
« Je n'ai pas même la triste ressource du remords, et
« je ne puis avoir que des regrets pleins d'amères dou-
« leurs ; car Dieu a voulu me punir d'un sentiment
« qu'il réprouvait en moi ; il a voulu m'en punir sans
« qu'il y eût eu une faute réelle de ma part. C'est donc

« ma vie elle-même qui a été punie, parce que c'était
« l'ensemble de ma vie qui était coupable. Il n'y a point
« eu d'infraction positive à la loi morale : je suis meur-
« trier sans avoir commis de meurtre ; et c'est mon fils
« unique, l'enfant de la femme que j'avais si tendre-
« ment aimée, le fils qui me consolait par ses brillantes
« qualités, d'une perte toujours présente à mon es-
« prit, c'est cet objet de mes plus chères, et, j'oserais
« dire, de mes plus glorieuses espérances, c'est ce fils
« que j'ai tué. Toutefois je remercie la divine Provi-
« dence de m'avoir offert cet asile. Il était impossible
« en effet que je demeurasse dans un monde dont les
« préjugés et les opinions m'étaient devenus également
« odieux, car on va toujours d'un excès à l'autre. »

Ainsi me parla le néophyte. Je n'ai point eu le projet
de donner à aucune partie de cet ouvrage une couleur
dramatique, et d'ailleurs il me serait impossible de
raconter cette histoire avec l'accent de l'infortuné qui
me parlait ; il me serait impossible surtout de faire
entendre ce cri déchirant des entrailles paternelles
qui, dans de certains momens, me faisait frémir. Je
vais donc me borner à la simple exposition des faits.
En remplissant ainsi moi-même les fonctions d'histo-
rien, je serai plus libre et peut-être plus fidèle dans
cette peinture.

Charles de Solange avait une fortune indépendante,
un esprit naturel qui avait été cultivé par tous les
moyens, par les circonstances les plus favorables au
développement ; pourvu de toutes les qualités aima-
bles et brillantes qui font prétendre à tous les succès,
il n'en avait point abusé. Il avait été préservé de ce
danger par sa haute moralité, que rien n'avait pu cor-
rompre. Il est des hommes qui restent intacts parmi

les préjugés du monde, comme, parmi les sectateurs de cultes immoraux, il en est qui y ont participé par leur adoration sans y participer par leur conduite; comme il est des hommes enfin qui, dans les temps mauvais, ont vécu au milieu de la corruption générale sans en être atteints.

Charles de Solange s'était marié de bonne heure à une femme charmante, qui avait toutes les sortes de distinctions, et qui répondait ainsi à tous les goûts et à toutes les qualités de son époux. Aussi l'aima-t-il avec une vivacité extrême; il l'aimait également par vanité et par tendresse, car le monde vient toujours empoisonner les meilleurs sentimens. Il semblait que jamais il n'avait été plus permis de concevoir l'espérance d'un long bonheur. Il ne devait pas en être ainsi. Sa femme devint grosse, et elle mourut en mettant au monde un fils. Le désespoir de Charles ne connut point de bornes. Il voulut se consacrer uniquement à son fils, et refusa toutes les occasions qui se présentèrent de former de nouveaux nœuds.

Cependant, après les premiers temps donnés à une si juste douleur, il reparut dans le monde; il y rentra avec tous ses avantages. Libre comme il était, il continua de faire le charme et l'ornement de la société. Ce culte qu'il conserva toujours pour la mémoire de sa femme était une chose fort touchante; et l'on peut dire que, pour ce monde inconstant et frivole, c'était un attrait et une distinction de plus : lui-même sans doute n'était pas insensible à la pensée que partout on le citait comme un modèle de constance. Il n'avait d'autre devoir que celui qu'il s'était imposé de soigner dans tous ses détails l'éducation de son fils. Il choisissait ses maîtres, il assistait souvent aux leçons; il sui-

vait avec une assiduité tout-à-fait louable les progrès
du jeune homme, il y aidait de toute son activité et
de toute sa persévérance. Il ne s'était pas contenté de
ce qui pouvait servir à la culture de l'esprit, il ne
négligea point les exercices qui développent la grace,
la force et l'adresse. Enfin il donna à son fils une éducation brillante comme celle qu'il avait reçue lui-
même.

Quand l'âge fut venu, il l'introduisit dans le monde; puis il le fit voyager avec un gouverneur, homme
solide et instruit, qui devait rendre les voyages profi-
tables sous tous les rapports, et dont le caractère sûr
et la prudence éprouvée étaient une garantie pour la
tranquillité du père. Charles faisait aussi de temps en
temps quelques excursions pour rencontrer son fils
dans les grandes villes comprises dans l'itinéraire du
jeune homme. Là, il se faisait une gloire de l'intro-
duire encore dans la société. Charles était sûr d'y
être toujours bien accueilli, parce que partout il était
précédé par sa réputation d'esprit cultivé et d'homme
de bonne compagnie, car Paris est dans toute l'Europe:
ses avantages personnels, il les faisait rejaillir sur son
fils, qui ne tardait pas à les obtenir par lui-même.

Comment ce jeune homme n'aurait-il pas été ac-
compli, dans le sens du monde? Aussi était-il fêté,
recherché, caressé; aussi le père ne cessait-il de re-
cevoir des félicitations à ce sujet. Mais cette éducation
si propre à développer certaines qualités, et même
certaines facultés, il faut le dire, n'était pas sans de
graves inconvéniens. Solange n'avait jamais été en
situation de connaître ces inconvéniens pour lui-
même, et il ne pouvait songer à les éviter pour son
fils. Hélas! le fils ne les connaîtra jamais.

Ce fut à peu près à cette époque que j'avais autrefois connu Solange dans le monde. Je ne pouvais comprendre que tant de soins et tant d'études ne servissent qu'à être une parure ; je ne pouvais comprendre que l'on consentît à annuler complétement sa vie, en la passant tout entière dans les cercles, dans les bals, dans les spectacles, dans les promenades publiques. Il y avait, à mon avis, d'autres fruits à retirer de la lecture des poètes, des historiens, des philosophes. Ce qu'on appelle le monde, ce qu'on appelle la société, n'est ni la patrie du citoyen, ni le monde de l'homme, ni la société du genre humain. Sans doute le père et le fils n'étaient étrangers à aucune connaissance ; ils pouvaient se trouver avec les hommes les plus remarquables dans tous les genres, et se mêler à une conversation relevée ; sans doute encore, doués d'un cœur excellent, et très bien nés, ils étaient disposés à rendre service, prompts à secourir le malheur, et vite en sympathie avec toutes les affections naturelles. Mais enfin cette vie tout extérieure était sans but. Ils n'avaient aucune carrière. Nul devoir imposé ne troublait l'indépendance de leurs actions. Ce genre d'existence, il faut l'avouer, est une sorte d'anomalie dans les mœurs actuelles de la France, et peu en harmonie avec les institutions nouvelles. Quoi qu'il en soit, c'est bien comme de l'isolement que cette manière d'être, qu'une liberté si oisive : aussi le père et le fils ne connaissaient point ces sympathies générales qui ajoutent à l'homme tout ce qu'il n'est pas par lui-même. En un mot leur vie était factice, lorsqu'il y avait en eux tout ce qu'il fallait pour la rendre réelle. Je trouvais cela déplorable, et je le disais ; je disais hardiment ce que je croyais la destinée de l'homme sur la terre. Ma franchise plaisait ; on me trouvait de la rudesse, et, par une singulière tournure que l'imagination donnait à mes paroles, on me regardait comme un misanthrope.

Je n'ai pas besoin de dire combien le père était fier des succès de son fils ; il était moins touché peut-être de voir se développer en lui les plus belles et les plus nobles facultés, que de sentir sa susceptibilité extrême pour tout ce qui tient à l'honneur.

Un jour le jeune Solange, tout ému, vint trouver son père, et lui raconta un différend dont il venait, disait-il, d'être témoin. Le sujet était bien léger, comme cela arrive trop souvent, et le différend avait eu lieu entre deux amis ; mais enfin certains mots avaient échappé à l'un des deux, de ces mots qui ont la triste puissance de gâter à jamais tout un passé, de flétrir tout un avenir. Les deux amis néanmoins s'étaient réconciliés, à l'instant même, par les soins de ceux qui étaient présens. Le jeune homme déplorait devant son père que de telles paroles eussent été prononcées, « parce que, disait-il, je le sens, il est « des paroles, il est des accens qui ne peuvent s'effacer « de la mémoire, qui deviennent de cruels fantômes « pour l'imagination, d'incurables blessures pour le « cœur. » Le père écoutait avec attention le récit de son fils ; et la préoccupation où le mit la combinaison fortuite des circonstances qui avaient accompagné un fait plein pour lui, et, dans ses idées, du plus haut intérêt, l'empêchait de remarquer dans le jeune homme cette sorte d'émotion qui trahit toujours une cause entièrement personnelle. Il se faisait instruire des moindres détails ; car, pour apprécier des faits de cette nature, il faut faire entrer en ligne de compte

les nuances les plus délicates, les traits les plus
fugitifs ; il faut se *rendre* raison des impressions des
autres, et deviner ce que peut subir d'interprétations la
cause la plus simple, en passant de bouche en bouche,
puisque le différend avait eu lieu devant des témoins.
Aucun doute ne doit rester, tout nuage est un tort,
tout soupçon est une certitude. Après avoir réfléchi
quelques instans : « Je conçois, dit Solange, tout ce
« qu'il y a de fatal dans cette fâcheuse affaire ; je le
« conçois d'autant plus que je ne sais comment elle a
« pu s'arranger sans un duel. » — « Vous avez raison, dit
« le jeune homme ; mais des amis ont cru devoir em-
« pêcher deux amis de se battre, et de se battre pour
« un sujet réellement très léger. Ils ont pensé qu'un
« moment de vertige devait être pardonné, en quel-
« que sorte, à tous les deux ; ils ont senti qu'il y
« aurait quelque injustice à donner un sens trop ri-
« goureux à des paroles qu'on pourrait dire étran-
« gères, tant elles étaient loin d'être l'expression vraie
« de sentimens habituels. On comprend qu'en effet
« si un mot échappé est quelquefois la triste révéla-
« tion d'un malaise intime, évidemment il n'en était
« point ainsi dans la circonstance actuelle. » — « C'est
« bien cruel à dire, reprend le père ; je ne puis blâmer
« les amis qui se sont interposés ; mais enfin les paro-
« les subsistent, tout involontaires qu'elles aient été,
« quelque fortuites qu'on puisse les croire ; et cela est
« irrévocable. Elles subsistent pour être désormais un
« obstacle éternel entre les deux amis : le monde les a
« déjà notées dans ses sévères et implacables tablettes,
« pour s'en souvenir au besoin. Le monde, mon fils,
« est un maître qui a le droit d'être exigeant, parce
« que les avantages qu'il donne sont d'un prix infini.

« Ou renonçons à la considération qu'il répand , ou
« accomplissons rigoureusement les conditions qu'il
« y met. Avec lui, il n'y a pas à choisir : il faut tout
« accepter ou tout refuser. Il s'agit d'une affaire
« d'honneur, et non d'une affaire de conscience. Quoi
« qu'il en soit, je serais désolé si c'était à toi qu'une
« pareille aventure fût arrivée. »

La conversation finit. Le malheureux père ne sait
pas qu'il vient de condamner son fils à sacrifier pour
la première fois le sentiment le plus cher. En effet,
c'était sa propre histoire que le triste jeune homme
avait racontée à son père. Il hésite néanmoins encore
quelques instans ; mais l'intérêt même de son ami le
touche, car cette rigueur des jugemens du monde est
menaçante pour tous les deux ; et son père est trop
bon juge dans une telle circonstance pour qu'il soit
permis de risquer tout un avenir. Il va donc trouver
cet ami pour lui représenter qu'ils ne peuvent se dis-
penser de se battre. « Nous n'avons pas eu besoin de
« nous pardonner, lui dit-il ; nous savions bien que
« nous ne nous étions pas offensés ; mais nous avons
« donné le droit de nous accuser, de nous interroger,
« de nous obliger à expliquer notre conduite. Cela
« seulement est une humiliation à laquelle nous ne
« pouvons consentir ni l'un ni l'autre. D'ailleurs nous
« n'avons encore donné aucune garantie à la société ;
« nous sommes trop jeunes pour qu'on sache qui nous
« sommes ; nous n'avons point acquis le droit de de-
« mander une exception en notre faveur ; et nous ne
« devons pas commencer notre carrière en repoussant
« des soupçons du public. Ainsi donc, tout en nous
« jurant une amitié éternelle, accomplissons la loi
« jalouse de l'honneur. »

Ces paroles fixent le sort des deux jeunes gens. Chose singulière ! ils parlaient de l'autorité du préjugé, comme Socrate, se refusant à s'échapper de sa prison, parlait de l'autorité des lois. Les faveurs du monde, auxquelles ils aspiraient tous les deux, étaient pour eux comme une patrie. Il y étaient nés aussi, et ils y avaient été élevés. Ces cœurs généreux avaient tout naturellement transporté dans une sphère factice ce qu'ils avaient de vrai, de bon, de noble. Tout en déplorant de se trouver dans une telle situation, ils se cachent l'amertume de leurs pensées, et vont trouver ensemble ceux qui avaient été témoins de leur différend et de leur réconciliation, pour qu'ils soient à présent témoins du duel.

On arrive sur le terrain. Les pas sont comptés, les pistolets sont chargés, les deux détentes partent en même temps, le jeune Solange est étendu roide mort.

Le vainqueur, désolé de sa funeste victoire, a fui, sans qu'on ait jamais su de ses nouvelles; peut-être est-il aussi dans la ville des Expiations.

L'état du malheureux père ne saurait se décrire. Il maudit et la société et le cruel préjugé qui lui a ravi son fils. Toutes ses croyances s'éteignent en lui. Il cherche la solitude, et la solitude le dévore. Sans doute il fût devenu fou, sans l'asile miséricordieux que lui ouvrit la ville des Expiations.

Si le meurtrier de son fils a choisi le même asile, il est à présumer qu'on arrange les changemens de domicile de manière qu'il ne puisse jamais rencontrer le père de celui qui fut l'ami de son enfance, de celui pour qui il aurait volontiers donné sa vie, le jour même où il le tua. Toutefois on peut dire qu'il a été provoqué par lui, et que la victime avait exigé le sacrifice.

II.

Voici une autre histoire qui présente un autre genre d'intérêt. Je vais la raconter aussi sommairement que la précédente.

Oscar ne connaissait ni son père ni sa mère. Il avait été recueilli dans un hôpital d'enfans trouvés, d'où il avait été retiré de bonne heure par un homme bienfaisant, qui d'abord lui avait laissé ignorer son origine. Il vient un âge où de tels secrets ne peuvent rester cachés. Oscar sut donc qu'il était sans parens et sans famille; il en fut instruit par son bienfaiteur lui-même, qui ne tarda pas de mourir, après avoir auparavant assuré à son pupille ce qu'on appelle une honnête existence.

Les plus heureuses facultés s'étaient développées dans Oscar, par une éducation forte et libérale; il commençait à se faire une réputation dans le barreau; tout faisait présager que cette réputation deviendrait, un jour, de la renommée, peut-être même de la gloire. Il avait bien senti que ne pouvant être que par lui-même, il devait se faire sa propre destinée; mais le mystère, et, qui pouvait savoir? l'opprobre de sa naissance était le tourment continu de sa pensée. Il lui semblait qu'à tous momens on allait lui demander qui fut son père, si sa mère vivait encore; lorsqu'il avait des succès, lorsqu'il recevait des applaudissemens, c'était toujours avec une sorte de timidité qui aurait inspiré une pitié profonde si l'on eût pu en soupçonner la raison; il craignait que le public ne l'accusât, pour ainsi dire, d'avoir surpris sa bienveillance, car enfin son nom n'était qu'un nom d'emprunt; il n'était pas pour lui, comme pour les autres hommes, un héritage relig.eux et sacré. Soit par les bienfaits de son vertueux tuteur, soit par les honorables ressources qu'il s'était créées, il avait acquis une situation assez indépendante. Il aurait pu songer à se marier ; mais il n'osait lever les yeux sur aucune des jeunes personnes qu'il rencontrait dans le monde. Il se disait que la femme de son choix, sans doute, commencerait par vouloir savoir qui il était. Il y avait, on peut bien l'avouer, quelque chose de fort exagéré dans toutes ces inquiétudes d'Oscar, dans toutes ces souffrances de sa fierté ; et, c'est parce que d'ailleurs son existence qu'il se devait à lui-même, sous le rapport de la considération, était bonne en soi qu'il était plus disposé à s'agiter sur ce qui était si complétement hors de son pouvoir.

Il voyagea pour se distraire de ses chagrins. On le sait, souvent une vie contient un secret d'autant plus importun qu'on peut moins le communiquer, qu'on ne peut jamais le soulager par la sympathie des autres; et l'imagination alors n'est point maîtresse d'elle-même. Oscar ne pouvait donc cesser de penser qu'il était un enfant trouvé. La misère, les revers de fortune, un amour contrarié, il épuisait toutes les circonstances les plus romanesques, toutes les chances possibles d'événemens extraordinaires, pour se faire, pour s'inventer, pour rendre vraisemblable une naissance dont il n'eût pas à rougir. Il étudiait ce qu'il y avait en lui de sentimens nobles et élevés pour le faire rejaillir sur ses parens inconnus, victimes sans doute de quelque malheur non mérité et imprévu qu'il aimerait à pleurer. Il se plaisait à leur attribuer ce qu'il se sentait de bons penchans, de belles facultés. Les avertissemens de sa conscience, dans des occurrences difficiles, il en faisait comme la puissante voix du sang ; puis il retombait dans toutes ses anxiétés, lorsqu'il venait à songer qu'il ne pouvait nommer ni son père ni sa mère.

Un jour il était allé visiter le bagne de Toulon : ce grand réceptacle de crimes, de fautes et de misères excitait en lui une commisération douloureuse. Il examinait avec une attention pénible les forçats qui s'offraient à ses regards. Comme ses pensées réagissaient naturellement contre l'ordre social ; comme il était profondément révolté de toutes les oppressions et de toutes les injustices, et que, le plus souvent, il était porté à attribuer à la société elle-même les maux qu'elle ne guérissait pas, un bagne était pour lui le plus triste et le plus affreux des spectacles. Un tel spectacle n'était pas, à ses yeux, celui de l'humanité dans son état de dégradation et d'avilissement ; il n'y voyait que le résultat le plus révoltant d'une odieuse fatalité. Ce qu'il y avait de faux et d'amer dans son impression, à cet égard, tenait à quelque chose de vrai et d'élevé ; il est certain que la société n'a pas besoin à présent des cruelles garanties dont elle reste encore entourée, que peut-être elle en a toujours pris de trop fortes, et qu'ainsi elle a donné lieu aux impies malédictions dont elle a été accablée dans tous les temps ; mais il fallait bien auparavant parvenir à la pensée généreuse qui a présidé à l'institution de la ville des Expiations, et l'on ne pouvait y parvenir que graduellement. Quoi qu'il en soit, Oscar cherchait sur les figures des forçats les traces du malheur, bien plutôt que d'y chercher les traces du crime.

Enfin, un de ces infortunés est remarqué par lui, entre tous les autres. Celui-ci, à son tour, considère Oscar avec une sorte de curiosité qui l'étonne et l'inquiète. Il se retire, mais la figure étrange du forçat reste dans

son imagination ; elle trouble toutes ses pensées, elle
remue toutes ses sympathies pour le malheur, toutes
ses aversions pour la société ; elle agite son sommeil.
Il a remarqué je ne sais quelle résignation funeste,
je ne sais quelles ruines de facultés dans les traits
éteints de cette figure, sur laquelle il avait cru reconnaître l'empreinte de toutes les calamités humaines.

Le lendemain un attrait presque irrésistible le porte
à retourner au bagne, pour retrouver ce forçat, pour
l'interroger et savoir son histoire. Il le retrouve en
effet. Il s'approche de lui avec un sentiment indéfinis-
sable de douleur et de pitié, avec une angoisse dont il
ne peut comprendre la raison. Il voudrait lui parler, il
ne sait que lui dire. En lui-même il accuse la Providence et les lois, et ce ne sont pas de tels sentimens
qu'il juge convenable d'exprimer. Le forçat rompt le
silence le premier par la question la plus inattendue et
la plus singulièrement outrageante : « Jeune homme,
« dit-il, que me voulez-vous ? qu'y a-t-il de commun
« entre vous et moi ? Vous voulez savoir qui je suis,
« pourquoi ne voudrais-je pas savoir aussi qui vous
« êtes ? Et d'abord connaissez-vous votre père ? » Oscar
reste confondu. Le forçat reprend : « Jeune homme,
« laissez-moi ou répondez-moi ; car les chaînes dont
« vous me voyez chargé, et l'infamie de ce vêtement,
« ne sont pas mon seul supplice. Dites, connaissez-vous
« votre père ? » — « Non, » répond Oscar avec une
émotion que rien ne peut rendre. « Jeune homme, dit
« le forçat, ne sortez-vous pas des Enfans-Trouvés ? »
—Oscar se sent tout à coup comme sur le bord d'un
abîme. Toutefois son ame généreuse ne repousse pas
l'horrible avenir qu'il a trop prévu. S'il tarde à ré-
pondre, ce n'est point qu'il hésite, mais il cherche les

paroles dont il doit se servir. Le forçat, impatient de se délivrer d'un soupçon qui lui pèse, et que ses longues souffrances rendent insensible à celles des autres, reprend avec inflexibilité : « Jeune homme, je n'ai « rien à exiger de vous; mais l'âge que je vous suppose, « quelques uns de vos traits qui m'ont de suite invo- « lontairement rappelé certains souvenirs déchirans, « tout vous livre à mes propres tortures. Votre pitié « elle-même m'est un tourment si elle ne m'éclaire. « Ou retirez-vous, ou répondez-moi. Dites donc, ne « sortez-vous pas des Enfans-Trouvés ? — Oui, répond « Oscar avec un trouble toujours croissant; oui, je sors « des Enfans-Trouvés.. »

Ce triste dialogue se faisait à voix basse. Les deux interlocuteurs s'étaient tout-à-fait rapprochés l'un de l'autre, et nul ne pouvait les entendre. Les regards d'Oscar étaient timides et baissés, comme les aurait eus un coupable devant son juge; les regards du forçat, au contraire, étaient assurés et pénétrans. On y lisait ce qu'il y avait d'irrévocable et de cruel dans son sort, car ils tenaient à la fois et de l'habitude du malheur et de l'impassibilité du destin. « Jeune « homme, dit encore le forçat, vous a-t-on fait con- « naître le procès-verbal de votre entrée aux Enfans- « Trouvés?— Oui, répond Oscar; une copie de ce « procès-verbal m'a été remise par celui qui m'a retiré « des Enfans-Trouvés, et qui a bien voulu soigner mon « éducation; cette copie ne me quitte jamais.— Jeune « homme, dit le forçat en tirant un papier de son sein « et en le présentant à Oscar, regardez si le signalement « de la chétive layette est conforme à celui qui est « marqué sur votre écrit; regardez s'il n'y est pas fait « mention d'un anneau d'or attaché à un ruban noir

« moiré qui était noué autour du cou d'un enfant ex-
« posé par moi. Dites-moi enfin si vous ne portez pas
« une légère cicatrice au genou gauche. » A ces mots,
il remet le papier à Oscar, qui reste confondu. L'iden-
tité ne saurait être plus complète. Le forçat dit alors :
« Oui, vous êtes mon fils ; je vous reconnais, mais vous
« n'êtes point obligé à reconnaître un père tel que
« moi. Je suis un misérable, j'ai mérité l'humiliation
« où vous me voyez ; j'accepte mon opprobre, mais je
« ne l'accepte que pour moi, et je ne veux pas nuire à
« vos destinées. Le seul bienfait que vous puissiez tenir
« de moi, c'est que je meure avec mon secret. Je le
« jure, il ne sortira plus de mon sein. Et d'ailleurs, ai-
« je mérité d'avoir un fils ? N'est-ce pas assez que celle
« qui fut votre mère soit morte dans d'inappréciables
« chagrins ? Ah ! du moins, Dieu l'a retirée à lui avant
« le jour où elle aurait vu son époux aux galères.
« Jeune homme, vous n'avez plus la mère dont vous
« pourriez vous honorer ; ce sont mes égaremens qui
« d'abord l'ont perdue, qui ensuite l'ont fait mourir
« dans d'amères douleurs. Vous ne me devez rien, et
« mon dernier tort, mais celui-ci, je puis l'affirmer, a
« été involontaire, mon dernier tort a été de me faire
« connaître à vous. Retirez-vous donc : vous revien-
« driez me voir comme vous viendriez visiter un mal-
« heureux qui aurait excité votre pitié ; et tâchez, si
« vous le pouvez, de me faire alléger un peu le poids
« de mes fers. Ils sont mérités ; mais à l'âge où je suis,
« ils sont bien pesans. Je puis vivre encore long-temps,
« car on vieillit dans les bagnes aussi bien que dans le
« libre tourbillon du monde. »

En achevant ces mots, il ôte des mains de son fils
les deux papiers que le malheureux jeune homme

con.parait d'un œil stupide, car il voyait sans voir, il entendait sans entendre. Le forçat prend donc les deux papiers; il les déchire en petits morceaux qu'il disperse autour de lui, et qu'il enfouit dans la poussière, en les roulant sous ses pieds.

Oscar, enfin, sort de cet état d'angoisse morne qui absorbait son ame tout entière; il en sort pour entourer de ses bras le cou de son père; mais celui-ci le repousse à l'instant même. « Mon fils, se hâte-t-il de lui « dire, nous sommes sans doute observés; je t'interdis « toute démonstration qui pourrait nous trahir, et je « reconnaîtrai à ton obéissance si je n'ai pas perdu « tous mes droits sur un cœur bien né. Prends pa- « tience; sois résigné comme j'ai appris à l'être. Écoute, « il faut bien que je te le dise, pour que tu ne me mé- « prises pas trop, pour que tu ne te méprises pas trop à « cause de moi : je n'étais pas fait pour un tel séjour, « pour une si profonde ignominie; c'est l'odieuse pas- « sion du jeu qui m'a conduit ici. Va, mon fils, ne dis « point que tu as retrouvé ton père; reste orphelin; « tâche seulement d'apporter quelque soulagement à « mon déplorable sort. Je pense que mes fautes ont « peut-être été suffisamment expiées. Retire-toi, res- « pecte les ordres d'un père, tout misérable qu'il est. « Ce n'est qu'à ton obéissance que je puis savoir si « l'état où tu me vois n'a pas rompu tous les liens de « la nature. »

Le jeune homme obéit, mais il médite en même temps sur les moyens de délivrer son père, de faire qu'il n'achève pas sa vie douloureuse dans l'opprobre et l'infamie. A l'instant même il va trouver le gouverneur, pour lui faire le tableau de la funeste situation où il se trouve.

Il est inutile de raconter tous les détails, soit des différentes entrevues du père et du fils, soit les démar-ches du fils. Qu'il suffise de savoir qu'ils ont été admis l'un et l'autre dans la ville des Expiations, que le père y est mort doucement dans les bras de son fils, soigné par lui, et que le fils s'est élevé graduellement dans toutes les hiérarchies de la ville du refuge.

Bien des grades de l'initiation ont dû lui être épar-gnés.

Auparavant il était toujours près d'entrer dans le désespoir des destinées humaines; c'est seulement de-puis qu'il a rencontré son père dans les séjours du crime qu'il a conçu les voies de la Providence.

La ville des Expiations a achevé de lui révéler ce qu'il avait besoin de connaître.

Nous le retrouverons ailleurs.

III.

Jules Sozomène ignorait de quels parens il était né. Le nom qu'il portait n'était point son nom de famille; et il fut autorisé à le conserver au sein de la ville des Expiations. On croyait que ceux à qui il devait le jour avaient fait dans le Levant une grande fortune, et que ce nom tenait à une circonstance de la vie aventureuse que l'on supposait à ces parens inconnus. Je ne par-lerai point de l'enfance de Sozomène, afin d'arriver de suite à l'âge où il put méditer sur lui-même.

Alors, dévoré d'une inquiétude secrète, il chercha par l'étude et par de fréquens voyages, à calmer les tourmens de son âme. Sa vie était pure et exempte de reproches, et toutefois il se sentait comme dévoré par le remords; il s'était plongé dans les profondeurs d'une philosophie mystique, et il en était venu à croire que l'existence actuelle pouvait bien être pour lui une expiation d'une vie antérieure, dans laquelle il aurait commis quelque grand crime. Quelquefois aussi, il croyait que la fortune dont il jouissait avait été acquise par de mauvaises voies. Il avait fait de vains efforts pour remonter jusqu'à l'origine de cette fortune, et il trouvait toujours un voile qu'il lui était impossible de soulever. Cependant, derrière ce voile, il apercevait confusément une sorte de fantôme qui le faisait reculer d'effroi.

Un jour il imagine de décider son sort d'après le nom même qui, sans doute, lui fut fortuitement imposé. Il ira dans la Palestine se vouer à la vie contemplative, comme Hermias Sozomène; à l'exemple de ce pieux solitaire du cinquième siècle, il étudiera les antiquités religieuses, les traditions du genre humain. Ce projet lui sourit; en conséquence il fait des dispositions; il place son argent de manière à pouvoir en disposer à son gré lorsqu'il sera parvenu à sa destination.

Il va pour s'embarquer à Venise; là il est tout à coup saisi par la magie de cette contrée.

Les journées succédaient aux journées; il ne songeait presque plus au projet qui l'avait tant séduit: peut-être va-t-il fixer la fin de sa vie dans ce séjour d'une tristesse si sympathique à sa propre tristesse. Peu à peu cette idée l'entraîne; un palais en ruine sollicite son douloureux enthousiasme. Il l'achète. Une partie considérable de sa fortune est employée à l'empêcher de tomber dans le noir Styx, qui en baigne les murs croulans.

Pendant qu'il travaillait à cette lutte contre la desruction, il passait quelquefois des journées entières, bercé sur les lagunes par un gondolier qui lui chantait les stances du Tasse. Ces promenades solitaires, d'une enivrante monotonie, étaient comme un rêve pénible, mais plein d'attrait, qui le détournait du sentiment de chagrins sans cause et sans nom.

Dans une de ses promenades solitaires, il apprend qu'une jeune fille, au sein d'une famille adoptive, avait, comme lui, un mystère au fond de sa destinée. Ce mystère provoque la curiosité, et bientôt l'intérêt de Sozomène.

Il aime la jeune fille; il l'aime d'un amour ardent et rêveur qui lui fait tout oublier. Elle, de son côté, ne peut se soustraire à l'ascendant d'une passion si exaltée. Elle aime aussi, et toutefois, depuis qu'elle se connaissait, elle avait pris la résolution de ne point se marier.

Son père avait péri sur l'échafaud.

Voici la lettre qu'il écrivit à sa fille ayant d'aller à la mort ignominieuse qui lui était réservée :

« Mon enfant, tu ne peux connaître encore le fu-
« neste héritage que je te lègue aujourd'hui ; mais je
« veux que tu saches par moi, quand tu seras en âge
« de comprendre et de sentir, que je meurs innocent
« du crime pour lequel je suis condamné : je jure sur
« ta tête, par ma vie à venir, et devant le souverain
« juge en présence de qui je vais paraître, que les ap-
« parences seules sont contre moi. Je n'ai point d'es-
« poir que jamais ma mémoire soit lavée. Ainsi tu au-
« ras à rougir devant les hommes du père malheureux
« que Dieu t'a donné ; mais tu n'auras point à rougir de-
« vant toi-même. Néanmoins l'opprobre pèsera tou-
« jours sur toi ; accepte cet opprobre comme j'accepte

« la mort ; au moins, on te plaindra, et moi je serai
« maudit. »

— « L'opprobre qui pèse sur toi, avait dit Sozomène,
« est injuste ; peut-être la considération dont je jouis
« est injuste aussi. Réunissons nos deux destinées in-
« quiètes et mystérieuses ; réunissons nos misères mé-
« ritées ou imméritées. »

Mais lorsque la jeune fille eut expliqué le lieu où
avait péri son malheureux père, et qu'elle eut raconté
les circonstances qu'elle avait pu recueillir, Sozomène
vint à avoir un doute terrible. Ce doute ne tarda pas
à se confirmer.

Le père de Sozomène était l'auteur véritable du
crime pour lequel celui de la jeune fille avait péri.

Tout lien devait être rompu entre ces deux malheureux enfans de deux pères dont l'un était si coupable
à l'égard de l'autre.

Une seule ressource leur restait, celle d'aller con-
sulter les hiérophantes de la ville des Expiations.

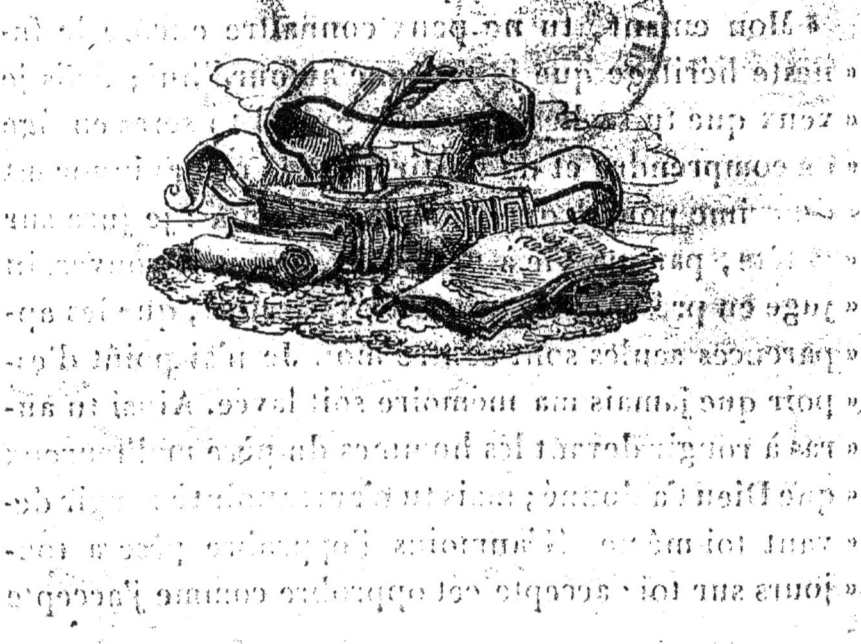

www.ingramcontent.com/pod-product-compliance
Lightning Source LLC
Chambersburg PA
CBHW061740180626
46818CB00006B/2688